# LA PESTE

DE

# BARCELONNE.

## POËME,

*Par C. F. Bertu.*

. . . . . . . . . . . . Crudelis ubique
Luctus, ubique pavor, et plurima mortis imago.
*VIRG.*

## A PARIS,

### CHEZ LES MARCHANDS DE NOUVEAUTÉS.

1821.

# LA PESTE DE BARCELONNE,

## POËME.

Toi, qui née au milieu des douceurs de la paix
N'as su du Ciel encor chanter que les bienfaits, (1)
Muse, un sujet moins doux, en ce moment, m'inspire ;
Par la main du malheur, laisse monter ta lyre ;
De longs habits de deuil il faut te revêtir,
Et dépouiller ton front des roses du plaisir ;
Un souffle empoisonné flétrirait ta couronne ,
Viens, nous allons gémir aux champs de Barcelonne.

Mais avant d'arriver dans ces lieux désolés
Que frappent à la fois tous les maux rassemblés,
Ah ! quel bonheur, grand Dieu, si ma voix attendrie
Rendait plus éloquéns les pleurs de l'Ibérie ;
A leur touchant tableau, calmant votre fureur,
J'arrêterais les coups de votre bras vengeur.

Oui, Seigneur, trop long-temps a grondé le tonnerre,
Trop long-temps, en fureur, le démon de la guerre
Sur l'Espagne a versé mille fléaux divers,
Et fait de ses horreurs frisonner l'Univers !

De GONSALVE et du CID pleurons sur la patrie !
Ses ports sont oubliés, son commerce est sans vie ;
Attendant, mais en vain, de propices travaux,
Ses guérêts sont changés en immenses tombeaux.
Ses cités ont perdu leurs superbes murailles,
Ses palais ont croulé sous l'airain des batailles,
Et les arts attristés s'éloignent des débris
De ses beaux monumens sous l'herbe ensevelis.

O grand Dieu, tant de maux appellent la clémence,
Il est temps de briser les traits de la vengeance,
Et votre main puisant au trésor des bienfaits,
L'Espagne va renaître au bonheur, à la paix.
Mais non : des nations la plus infortunée,
A toutes les douleurs les Cieux l'ont condamnée.
Dans son sein embrâsé je vois un monstre affreux (2)
De la sédition attiser tous les feux,
Déjà foulant aux pieds une trop faible égide,
Il porte sur le trône une main parricide ;

Déjà l'Escurial a tremblé devant lui,
Et du sang Castillan son poignard s'est rougi.
Arrêtez, Dieu puissant, sa marche téméraire,
Je redouble à vos pieds l'ardeur de ma prière ;
Les peuples consternés partagent mon effroi,
Sauvez, sauvez l'Espagne et protégez son Roi.

Mais tandis qu'essayant de conjurer l'orage,
J'entoure de mes vœux l'héritier de Pélage ;
De trois siècles entiers soulevant le fardeau,
MONTEZUME sanglant a brisé son tombeau,
Et sa voix réveillant un peuple de victimes
D'ALVAR et de CORTÈS ressuscite les crimes. (3)
Vous qui vengez, dit-il, le faible et l'innocent,
De l'immense Univers, ô maître tout-puissant,
Rappelez-vous, Seigneur, la promesse équitable
Qui, menaçant l'orgueil d'un vainqueur exécrable,
Consola MONTEZUME égorgé par les mains
Des farouches bourreaux qu'il comblait de ses biens.
Frappez, grand Dieu, frappez : que l'ingrate Ibérie
De la coupe des maux boive jusqu'à la lie ;
Qu'elle voie, au milieu de ses palais brûlans,
Ses enfans écrasés, ses vieillards expirans ;

Qu'elle-même en fureur, hâtant ses funérailles,
De son corps déchiré disperse les entrailles,
Ou que plutôt cet or qui créa ses forfaits
Lui porte le trépas et me venge à jamais.

O cruel Mexicain, les vengeances célestes
N'ont que trop exaucé tes vœux, tes vœux funestes!

Du baume de la paix adoucissant ses pleurs,
Barcelonne voyait des soins réparateurs
Promettre à sa fierté son antique opulence;
Sur ses murs relevés la flatteuse espérance
Souriait à la mer, et conjurant les flots,
De la riche Amérique appelait les vaisseaux,
Déjà plus d'une fois leur propice arrivage
Avait de chants joyeux animé le rivage,
Et saluant le port, la voix des matelots
Avait d'un long sommeil réveillé les échos.

Mais, hélas! insensé, quel est donc mon délire?
Je bénis ces vaisseaux, je devrais les maudire,
Qu'ils me font payer cher un imprudent transport,
Je chante leurs bienfaits, ils apportent la mort.
Ah! plutôt dans les mers abîmez-vous perfides;
Périssent à jamais vos trésors homicides!

D'un implacable Dieu vous servez le courroux,
La peste et ses horreurs sont au milieu de vous.
Hélas ! il n'est plus temps, j'entends le cri d'alarmes,
De Barcelonne en deuil, je vois couler les larmes ;
Tous ses murs sont couverts du crêpe sépulcral,
Et l'airain, de la mort a donné le signal.

Adieu tendre amitié, doux présent de la vie,
Et vous qui lui prétiez votre heureuse magie,
Amours, banquets joyeux, plaisirs consolateurs,
Le souffle d'un instant a moissonné vos fleurs. .

Voyez de citoyens cette foule innombrable
Désertant ses foyers que l'Eternel accable.
Les malheureux ! les airs sont troublés de leurs cris,
Ils quittent sans regret leurs superbes lambris
Et ces lits somptueux que la molesse apprête,
Pour venir des forêts envahir la retraite.
Mais, ô comble de maux ! qu'ils suspendent leurs pas,
Pour éviter la mort, ils courraient au trépas...
De toutes parts contre eux s'avancent des cohortes,
Le bronze des combats environne leurs portes,
Et repoussant au loin leurs flots épouvantés
Il ajoute un malheur à leurs calamités.

C'est dans la ville alors que régnant sans partage
Le fléau dévorant agrandit son ravage ;
Il promène partout son sceptre redouté,
De son souffle mortel l'air s'abaisse infecté.
Ici , l'homme frappé par une mort soudaine
Est plongé sans retour dans le sombre domaine ;
Là, d'un délire affreux éternisant l'horreur,
Il tourmente un vieillard sur son lit de douleur.
Plus loin, unique espoir d'une mère éplorée ,
Il ravit sur son sein une fille adorée ;
Partout inexorable et barbare sans choix,
De ses feux infernaux il dévore à la fois
Le riche, l'indigent, le guerrier, le poëte ,
Et voulant prolonger son horrible conquête ,
De l'art qui le combat il triomphe en courroux,
Et les fils d'Hippocrate ont péri sous ses coups.

Mais dans ce lieu désert , sous ce toit solitaire
Que la mort a marqué de sa main funéraire,
J'entends des sons plaintifs , les cris de la douleur,
Avançons : Ciel ! que vois-je ? ô spectacle d'horreur !
Deux cadavres hideux gissant sur la poussière ;
C'est celui d'un époux, c'est celui d'une mère ;

Peut-on les méconnaître, en voyant cet enfant
Qui dans leurs bras glacés est lui-même expirant.

O déplorable fruit du plus tendre hyménée !
Orphelin malheureux, quelle est ta destinée !

Depuis long-temps en proie aux horreurs de la faim
Sur sa mère il se roule, il dévore son sein,
Et fatiguant en vain la mamelle flétrie,
Il aspire la mort aux sources de la vie. (4)

Cependant mille cris élancés vers les cieux
Annoncent des Français arrivant dans ces lieux;
Il me semble à ce nom voir naître des alarmes;
Arrêtez, malheureux ! ils vous offrent des larmes,
Des soins compatissans, sur-tout cet art fameux
Que rehausse l'éclat d'un talent courageux.
Le soupçon doit cesser de troubler vos murailles ;
Le Français est à craindre au milieu des batailles ;
Mais lorsqu'il faut voler au-devant du malheur,
C'est l'Ange des secours, c'est un Dieu bienfaiteur.

O France, ô mon pays, temple de la victoire,
Oui, tu les réunis tous les genres de gloire :

Quel doux plaisir pour toi, sur ton trône éclatant,
D'admirer de tes fils l'héroïsme touchant.
Ils vont, loin des plaisirs de la patrie absente,
S'exposer aux fureurs d'une hydre dévorante,
Et devant un or vil noblement dédaigneux,
S'ils bravent le trépas, c'est pour des malheureux.

Ah ! voulant les chanter au gré de mon délire,
Que n'ai-je les talens des maîtres de la lyre ?
Vertueux PARISET, magnanime BALLY,
Intrépide FRANÇOIS, intéressant JOUARRY,
Heureux de couronner dignement votre zèle,
Ma muse sur vos fronts placerait l'immortelle.
Mais tandis qu'en désirs je consume mes feux,
Je vous vois avancer tristes, silencieux,
Vous entourez, ô Ciel ! une tombe entr'ouverte !
Infortuné MAZET, ils déplorent ta perte,
Et d'un ruisseau de pleurs arrosant ton cyprès,
Aux regrets de la France ils mêlent leurs regrets.

De la ville pourtant la désolante image
Loin de ce lieu funèbre appelle leur courage.
Que de maux à calmer, de dangers à courir !

Leurs soins victorieux se font déjà sentir,

Déjà, sous plusieurs toits ramenant l'espérance,
Leurs talens admirés signalent leur puissance ;
Et d'un si prompt succès le trépas irrité
S'étonne avec effroi sur son char arrêté ;
Il veut alors briser la redoutable égide
Qui détourne les coups de sa faulx homicide,
Et, suivant les transports d'une aveugle fureur,
Dans son fatal carquois il prend un trait vengeur,
L'infecte de poison, dans les airs le balance,
Et des Dieux infernaux invoquant l'assistance,
Son bras le fait voler : Barcelone a frémi....
Et je vois succomber PARISET et BALLY.

Mais calme ta frayeur, ô ville infortunée,
L'ange de la vertu veille à leur destinée,
Et pendant que sa main en protège le cours,
Je dois quelques accords aux plus tendres amours.

Fernand, le beau Fernand de la plus vive flamme
Pour la riche Cora sentait brûler son âme ;
Cora de son côté répondait à ses vœux ;
Leur amour cependant était loin d'être heureux ;
Il manquait à Fernand une heureuse opulence
Pour qu'Hymen de ses feux couronnât la constance.

Ah ! devait-il prétendre à de si hauts destins ?
Il avait des vertus, mais avait-il des biens !

La Fortune pourtant prend pitié de ses peines,
Un frère, en expirant aux rives Africaines,
Le laisse possesseur d'un immense trésor ;
Moins amoureux, son cœur eût moins chéri cet or,
Cet or qui doit bientôt changer sa destinée
En formant les liens du plus tendre hyménée.

Pour hâter son bonheur il part rempli d'amour,
Il part, et plus aimant je le vois de retour.
Comment vous exprimer son allégresse extrême,
Devenu riche, il va posséder ce qu'il aime....
Enivré d'espérance, il quitte le vaisseau,
Il court... O Ciel vengeur, quel effrayant tableau !
En croira-t-il ses yeux ? partout des funérailles,
Il cherche Barcelonne en ses propres murailles,
Et dans le trouble affreux qui le tient arrêté
Au séjour du trépas il se croit transporté.
Mais quel pressentiment pour son âme éperdue !
Cora, grand Dieu ! Cora, qu'est-elle devenue ?
Objet tendre et chéri, te verra-t-il encor ?
Ce doute est mille fois plus cruel que la mort.

Il veut le dissiper, il veut voir son amante,
Et, rempli de l'effroi que tout retard augmente,
Il court, vole, se presse et revoit le séjour
Où le portent ensemble et la crainte et l'amour.

Indice trop fatal ! les portes sont ouvertes ;
Il traverse éploré de longues cours désertes ;
Et ne trouvant partout qu'un silence profond,
Il appelle Cora, l'écho seul lui répond.
Ah ! déjà c'en est trop, son courage s'étonne,
L'espérance le fuit, la raison l'abandonne,
Et traînant les douleurs d'un désespoir affreux,
Pour trouver son amante, il parcourt tous les lieux.
Dieu puissant ! quel objet se présente à sa vue ?
Cora.... l'amour lui seul peut l'avoir reconnue,
Cora qu'il aimait tant, Cora son seul bonheur,
Expirante, il la voit sur un lit de douleur.....
Que ne peut d'un amant l'héroïque tendresse ?
Bravant tous les périls, dans ses bras il la presse,
Et trompant du trépas les barbares efforts,
Il rallume sa vie aux feux de ses transports.
D'amour et de douleur ô scène attendrissante !
Cora le reconnaît, et d'une voix mourante :

Imprudent ! loin d'ici précipite tes pas ,
Contre ton sein, Fernand, tu serres le trépas.
Moi te fuir ! que dis-tu, moi fuir ma tendre amie !
Privé de ma Cora, que m'importe la vie ?
Pour toi seule je vis, toi seule es mon bonheur.
C'en est fait, de ton sort partageant la rigueur,
Tu n'auras pas long-temps, chère amie, à m'attendre,
Dans la tombe avec toi tu me verras descendre ;
Mais que dis-je insensé ! vis plutôt, ma Cora,
S'il faut une victime, ô mort, dévore la ;
Frappe, voici mon cœur, épargne mon amante ;
Frappe, que tardes-tu ? c'est ma plus douce attente.

Dieu cruel ! le trépas sans contenter ses vœux
A versé son poison dans ce sang généreux ;
Il tombe.... de Fernand pleurons la destinée,
Il tombe, et voit Cora par sa chûte entraînée.

Amans infortunés, époux intéressans,
L'amour vous préparait d'autres embrassemens !

Encor si survenant, quelque main bienfaisante
Parait les derniers coups d'une mort dévorante,
De leurs jours presqu'éteints rallumant le flambeau ;
Peut-être qu'un tel soin fermerait leur tombeau,

Peut-être que Fernand dans les bras d'une amante...
Mais dans ces jours de deuil, d'horreur et d'épouvante
Où la nature même a perdu tous ses droits,
Un Ange seul pourrait... Un Ange! je le vois;
Il guide vers ces lieux son zèle et son courage,
Au nom du tout-puissant il affronte l'orage
Qui voudrait effrayer ses pas conservateurs.
Chacun le reconnaît, oui, c'est une des sœurs
Que l'Espagne bénit, que l'Univers admire;
Modeste elle rougit aux accords de ma lyre;
Et redoutant l'éclat d'un éloge flatteur,
Elle n'en souffre aucun, pas même de son cœur. (5)

La mort à son aspect aussitôt s'est enfuie,
Et Fernand et Cora rappelés à la vie,
Dans leurs bras enchainant l'épouse du Seigneur,
Ont vu naître pour eux l'aurore du bonheur.

J'allais, ô tendre amour, j'allais peindre tes charmes,
Mais sentant de nouveau mes yeux mouillés de larmes,
Je dois unir ma voix aux accens douloureux
Qui font lugubrement retentir les saints lieux.
Oui, ville infortunée, oui, c'est par la prière,
Que tu pourras calmer la céleste colère;

Embrasse les autels, mouille-les de tes pleurs,
Et ces pleurs suspendront le cours de tes malheurs.

    Ah ! pour te seconder quel éloquent langage !
Nouveau Belzunce, un prêtre échappé du naufrage,
Elève vers le ciel ses vœux attendrissans :
  « Seigneur, dit-il, Seigneur, nous sommes tes enfans,
  « De ton temple sacré nous baisons la poussière ;
  « Eloigne ta justice et redeviens un père ;
  « Je t'en conjure au nom de ce sang précieux
  « Qui fut versé jadis pour désarmer les Cieux,
  « De ce merveilleux sang qui redonne la vie ;
  « Cessant de nous frapper d'une verge ennemie,
  « Calme de ton courroux tous les flots soulevés,
  « Grand Dieu, dis un seul mot et nous sommes sauvés. »

    O jour cent fois heureux ! sa voix est exaucée ;
La main du tout-puissant se retire apaisée.
Et le fléau proscrit de l'empire des airs,
Retombe en frémissant dans le fond des enfers.

    Peuple, réjouis-toi, le jour de la clémence
Fait briller à tes yeux la plus douce espérance ;
Que tes chants de plaisir mêlés aux chants d'amour
Des bienfaits du Seigneur proclament le retour.

Et vous, Français, et vous dont la tâche est remplie,
Revenant glorieux au sein de la patrie,
Allez au pied du trône où fleurissent les lys;
Que d'applaudissemens quand la main de Louis
Sur vos fronts immortels placera la couronne,
Si noblement conquise aux murs de Barcelone!

FIN.

## NOTES.

(1) N'as *su du Ciel encor chanter que les bienfaits.*

Des circonstances malheureuses m'ont empêché de publier, lors de la naissance de notre Dieu-Donné, un poëme intitulé : *La France suppliante, et la France exaucée,* dont S. A. R. Madame la duchesse de Berri a daigné agréer l'hommage. Ne pouvant, à raison de sa longueur le placer dans une note, je me bornerai à donner au public la pièce suivante ; si elle n'est pas une preuve de talent, elle en sera toujours une d'attachement à l'auguste famille des Bourbons.

## L'ÉCLIPSE.

### IDYLLE.

Près de ces bords charmans qu'arrose le Gardon,
De ces bords qu'on croirait une Tempé nouvelle ;
  Dans le délicieux vallon
  Jadis habité par Estelle,
  Un jeune et folâtre essaim
De fidèles pasteurs et d'aimables bergères,
Sous un mobile toit de chênes centenaires,

Dansait un jour au son du tambourin.
Mes amis, s'écria tout-à-coup Mélicère,
Un charme décevant fascine-t-il mes yeux?
   O Ciel! voyez un voile ténébreux
Du soleil obscurci dérobe la lumière;
On dit et nos vieillards n'en sont que trop certains,
On dit que lorsque Dieu veut punir les humains,
Il fait paraître, hélas! de ces signes funestes,
Des fléaux désolans présages manifestes.
Ces mots portent l'effroi dans l'âme des pasteurs;
Le silence succède aux chants de l'allégresse:
Des auteurs de ses jours tremblant pour la vieillesse,
Celui-ci voit déjà la mort et ses horreurs;
Celui-là tous ses champs ravagés par la grêle;
Ce berger son troupeau victime du trépas,
Et Cloé, redoutant quelque guerre nouvelle,
Baigne de pleurs Myrtil, partant pour les combats.
Seul, au milieu de tous, seul l'aimable Tytire
Conserve sur son front un calme rassurant:
Des bergers du canton c'est le plus éloquent.
Personne mieux que lui n'aurait l'art de vous dire
En quel mois le soleil est propice aux troupeaux,
Le simple qui convient à de faibles agneaux,
Les ruses dont Vénus autorise l'usage
Pour retenir le cœur d'une amante volage,
Enfin les plus beaux airs, les plus douces chansons,
Quand il faut célébrer l'amour ou les Bourbons:
Bergers, rassurez-vous, dissipez vos alarmes,

Dit ce jeune pasteur,
C'est le présage du bonheur
Et non celui des larmes.
Quel doux ravissement! quel plaisir infini!
Dans nos cœurs, ô bergers, est sur le point d'éclore :
De ce bonheur futur nous annonçant l'aurore,
Le Ciel fait renaître Berri.
Bergères, préparez des fêtes la plus belle,
Vous, pasteurs, vos pipeaux, vos concerts, vos banquets,
Du tout-puissant la bonté paternelle
Pouvait-elle éclater par de plus grands bienfaits?
Pour nous le siècle d'or commence :
L'heureuse paix et l'abondance
Nous comblent de leurs dons divers,
Et la discorde et la vengeance
S'exilent pour jamais dans le fond des enfers.
Voilà, voilà les maux que le ciel nous présage,
Il dit : un plaisir pur brille sur tous les fronts,
Et ces bergers joyeux regagnent le village
En chantant à la fois Louis et les Bourbons.

(2) *Dans son sein embrasé, je vois un monstre affreux,*
   *De la sédition attiser tous les feux.*

A l'exception des ambitieux et des hommes de sang, personne n'applaudit aux mouvemens révolutionnaires qui agitent en ce moment l'Espagne, et, tremblant de nouveau pour un BOURBON, on ne peut se dissimuler qu'ils ont l'analogie la plus frappante avec les troubles qui préparèrent la fatale journée du 21 janvier 1793.

(4) *D'Alvar et de Cortès ressuscite les crimes.*

Qui n'a pas lu les Incas, roman historique de Marmontel? on peut se faire une idée dans cet ouvrage des cruautés que les Espagnols ont exercées dans le nouveau Monde.

   *Et fatiguant en vain la mamelle flétrie,*
(4) *Il aspire la mort aux sources de la vie.*

Ces détails, malheureusement trop vrais, sont extraits d'une lettre de M. le docteur Pariset à madame Pariset.

   *Et redoutant l'éclat d'un éloge flatteur,*
(5) *Elle n'en souffre aucun, pas même de son cœur.*

On sait que la modestie est la moindre vertu de ces saintes filles, qui, comme le dit le chantre de la pitié :

   . . . . . . . . . *par leurs soins délicats*
*Apaisent la souffrance et charment le trépas,*

Il me souviendra long-temps d'avoir surpris un jour une de ces vierges pieuses, qui consolait un vieillard ; l'infortuné mourant loin de sa patrie, demandait au ciel encore quelques jours afin que sa chère Elisca, sa fille adorée, eut le temps d'arriver pour recueillir son dernier soupir. Des larmes coulaient de ses yeux presqu'éteints; la jeune épouse du Seigneur les essuyait d'une manière si touchante qu'il crut par une douce erreur que la main d'Elisca lui fermait la paupière, et dans son dernier songe il rêva le bonheur.

Combien d'autres tableaux je pourrais encore vous offrir; mais au moment où l'Europe entière admire le dévouement des sœurs de Saint-Camille, je crois faire plaisir au lecteur en lui mettant sous les yeux un des plus beaux morceaux du génie du Christianisme, qui est applicable, non-seulement aux sœurs de la charité, mais à toutes celles qui, de quelque congrégation qu'elles soient, font vœu de secourir le malheur.

Ecoutons le célèbre écrivain :

« La sœur grise, dit M. de Châteaubriand, ne renfer-
» mait pas toujours ses vertus, ainsi que les filles de l'Hô-
« tel-Dieu, dans l'intérieur d'un lieu pestiféré; elle les ré-
« pandait au-dehors comme un parfum dans les cam-
« pagnes; elle allait chercher le cultivateur infirme dans sa
« chaumière. Qu'il était touchant de voir une femme,
« jeune, belle et compatissante, exercer, au nom de Dieu,
« près de l'homme rustique, la profession du médecin! On
« nous montrait dernièrement, près d'un moulin, sous des
« saules, dans une prairie, une petite maison qu'avaient
« occupée trois sœurs grises. C'était de cet asile champêtre
» qu'elles partaient à toutes les heures de la nuit et du jour,

« pour secourir les laboureurs. On remarquait en elles,
« comme dans toutes les sœurs, cet air de propreté et de
« contentement qui annonce que le corps et l'âme sont
» également exempts de souillures ; elles étaient pleines de
« douceur, mais toutefois sans manquer de fermeté, pour
« soutenir la vue des maux et pour se faire obéir des ma-
» lades. Elles excellaient à rétablir les membres brisés par
» des chutes, ou par ces accidens si communs chez les
« paysans. Mais ce qui était d'un prix inestimable, c'est
» que la sœur-grise ne manquait pas de dire un mot de
» Dieu à l'oreille du nourricier de la patrie, et que jamais
« la morale ne trouva de formes plus divines pour se glisser
« dans le cœur humain. »

Peut-on peindre l'humanité, la douceur, la piété, enfin
toutes les vertus de ces anges de consolation avec des cou-
leurs plus vraies ? Je relis toujours cet éloge avec un nouveau
plaisir ; cela vient sans doute aussi de ce que j'ai une sœur
dans l'ordre de Saint Vincent de Paule.

A peine âgée de seize ans, touchée de l'esprit de Dieu,
elle a quitté une famille dont elle était l'idole afin d'aller,
comme elle le disait-elle même, changer quelque fleurs
passagères pour une couronne immortelle.

Après deux ans d'absence j'eus le bonheur de la revoir
à Paris. Que notre entrevue fut touchante ! je répandais
des larmes de plaisir ; mais elle pleurait sur le sort de
son frère : mon père lui avait appris la résolution que
j'avais formée de me livrer à l'étude des belles lettres, et
le désagrément que lui avait causé mon obstination à ne

pas écouter ses avis. Elle joignit ses prières aux raisons que mon père m'avaient données pour me détourner d'un pareil dessein ; j'étais gouverné par l'impérieux démon de la Métromanie, tout ce qu'elle me dit fut inutile. Je pris des pinceaux, je les hasardai sur plusieurs sujets, j'osai même frapper à la porte du temple de Thalie, mais n'ayant pas de cachemire à donner, aucune prêtresse ne voulut me protéger, et je fus éconduit.

Je murmurais contre la fortune, lorsque la circonstance la plus heureuse inspira ma muse ; je chantai les vœux de la France, demandant au ciel un nouvel Henri.

Aussi favorable aux talens que le ciel poétique de sa belle patrie, l'illustre fille de Parthénope daigna sourire à mes accens, et je fus au comble de mes vœux ; mais malheureusement, pendant que mon ambition était satisfaite, ce que m'avait prédit mon père arriva ; comme l'infortuné Gilbert, je me vis assiégé par la misère.

Cependant je n'ai point perdu courage, et malgré toutes les privations que j'ai endurées, je n'ai pas brisé ma lyre. Ai-je bien fait, ai-je mal fait ? après avoir lu LA PESTE DE BARCELONNE, plusieurs personnes seront sans doute du dernier avis. Qu'importe ? leur conseil est encore un conseil inutile ; je suis né pour faire des vers, il faut que ma destinée s'accomplisse.

FIN DES NOTES.

I

DE L'IMPRIMERIE DE DUBOIS-BERTHAULT,
A MEAUX.

www.ingramcontent.com/pod-product-compliance
Lightning Source LLC
Chambersburg PA
CBHW072218210626
46818CB00014BA/2685